엄마가 내 엄마라서
그냥 좋다

엄마가 내 엄마라서 그냥 좋다

쏭작가 지음

북스토리

프롤로그

:

이 글은 내가 이 세상에서
제일 사랑하는 한 여인의 이야기입니다.

나는 이 여인의 사랑을 알기까지
오랜 시간이 걸렸어요.

우리는 살아가면서 많은 사랑을 겪으며 살아가요.
그 사랑으로 인해 행복할 때도 있고, 아플 때도 있죠.

이 여인이 제게 보여준 사랑도
행복과 아픔이 있었어요.

하지만 그 사랑은
너무 가까이 있었기 때문인지,
행복보다 아픔이 많다고 느꼈어요.

만일 여러분이 살면서
힘들 때나 울고 싶을 때,
혹은 누군가 보고플 때나 외로움을 느낄 때

이 세상에서 제일 사랑하는 사람과
가장 행복했던 순간을 떠올려보세요.

그리고,
그 사람과 함께했었던 시간을 하나씩 떠올리며
추억 여행을 떠나보세요.

내가 이 세상에서 제일 사랑하는 사람은
나를 이 세상에 존재할 수 있게 해준 사람입니다.

그 여인은 바로 우리 곁에 언제나 있는 엄마입니다.

CONTENTS

#1
이해할 수 없었던
이상한 엄마를 사랑해

#2
사랑하는 법을 알려준
소중한 엄마를 존경해

#3
결코 잊을 수 없는
영원한 엄마를 기억해

#4
다시 태어나면
내가 엄마 할게

엄마의 잃어버린 시간을 찾아서

이해할 수 없었던
이상한 엄마를
사랑해

못 해줘서
미안해

"좋은 옷 입혀주지 못해 미안하다."
"좋은 음식 먹여주지 못해 미안하다."
"좋은 집에 살지 못해 미안하다."
엄마가 나한테 했던 말이에요.

가난해서 미안하다고
맛있는 거 많이 못 사줘서 미안하다고
다른 엄마들처럼 해주지 못해 정말 미안하다고.

엄마는 나한테 자주 말했어요.
"엄마가 못 해줘서 미안해……."

지금도 가끔 그 말이 귓가를 맴돌아요.
"엄마가 못 해줘서 미안해……."
"엄마가 못 해줘서 미안해……."

엄마는 이상해.
엄마가 있었던 따뜻한 집과
깨끗하게 빨아 입혀준 옷에서
난 언제나 최고의 포근함을 느낄 수 있었는데…….
엄마가 해준 음식은
최고의 정성이 들어간 행복 그 자체였어.
단연 맛도 최고였지.

지금까지 해준 옷, 음식, 집.
모두가 나한테는 최고였어.

다른 사람이 줄 수 없는
최고의 사랑을 줘서 고마워.

사랑으로만
피는 꽃

:

세상을 살다 보면
참 다양한 사람을 만나게 돼요.

내가 사랑을 주면
나에게 상처를 주는 사람을 만날 때도 있어요.

내가 무관심해도
나에게 관심을 주는 사람을 만날 때도 있어요.

그러나 참 이상하게도 엄마는
내가 어떤 것을 주어도 사랑으로 되돌려줘요.

내가 아픔을 주어도
나에게 사랑을 줘요.

내가 기쁨을 주어도
나에게 사랑을 줘요.

내가 무관심해도
나에게 사랑을 줘요.

엄마는 그렇게
내가 어떤 것을 주어도
사랑으로만 피는 꽃 같아요.

엄마는 왜 그렇게
일찍 결혼했어?

엄마는 가장 화려한 시절인 20대에
날 낳아서 '엄마'가 되었어요.

그러나 엄마는
가장 화려하게 20대를 보내지 못했어요.
20대를 가장 어렵게 보내셨어요.

공장에서 일도 하고,
시장에서 옷을 내다 팔기도 했죠.

어느 날 엄마에게 물었어요.

"엄마는 왜 그렇게 일찍 결혼했어?
조금 더 즐기고 결혼하지."

엄마는 이렇게 말했어요.
"내가 그럴 줄 알았어?
그럴 줄 알았으면 당연히 결혼 안 했지!"

결혼, 이런 결혼이었다면
결코 결혼하지 않았을 울 엄마.
엄마는 그렇게 가장 화려한 시절을
가족을 위해 살았어.

엄마에게 가장 화려했던 20대를
다시 돌려드릴 순 없지만,
지금부터 가장 화려한 시절을 살 수 있게
해드리고 싶어.

엄마가 자유롭게 날 수 있도록.

어쩌면 아직도 엄마의 마음속에
꿈과 미래가 남아 있을지 몰라.

엄마도
아름다운 꿈과 미래를 가질
자격이 충분하니까.

엄마의
잔소리

.

어느 비 오는 날,
한 엄마와 딸이 딱 우산만큼의 거리를 유지한 채
걷고 있는 모습을 봤어요.

엄마는 연신 딸에게 잔소리를 하고 있었어요.
"내가 너 잘되라고 하는 거지, 안되라고 하는 거야!"

딸은 들은 체 만 체 그냥 걷고만 있었어요.

엄마는 못 들은 척 걷는 딸이 못마땅한지, 이렇게 소리쳤어요.
"내 말 듣고 있는 거야!"

그 모습을 보고 있으니,
예전 엄마의 잔소리가 생각났어요.
나도 예전에 그랬어요.

엄마의 잔소리가 너무나 듣기 싫어
못 들은 척하곤 했죠.

우리는 살면서 자주 엄마와 다툼을 겪게 돼요.
그러나 결혼을 하고 나면
엄마의 잔소리를 듣기 힘들어요.

혹시 엄마와 다툼이 있다면
그건 아마 거리가 너무 가까워서 그럴지 몰라요.
언젠가 그 잔소리도 조금씩 없어져요.
사회생활로 인해, 결혼으로 인해
그 사랑에서 조금씩 멀어지게 되죠.
그리고 세월이 흘러
엄마를 아주 멀리 보내야 할 때도 오죠.

그렇게 멀리 떨어져 그 사랑을 느끼기 어렵게 되면
그때 알게 되겠죠.
미세먼지 가득한 날,
맑은 공기를 그리워하는 것처럼.

　　　　　　　　　　　　　　　　　　　　　　　　　—

지금은 사는 거리도,
마음의 거리도 멀어져서 그런지,
엄마는 잔소리 대신 늘 걱정을 해.
밥은 잘 먹고 다니는지,
아픈 데는 없는지.

만약 생활에서 거리 두기가 힘들면
마음의 거리라도 조금 둬보는 건 어떨까?
그럼 엄마의 잔소리가 다르게 느껴질지 몰라.
사실 엄마의 잔소리는 사랑에서 비롯된 거니까.

손가락이
너무 닮았어

어릴 적부터 엄마가 항상 하는 얘기가 있어요.
"넌 나랑 손가락이 너무 닮았어."
엄마는 내 손을 보며 항상 흐뭇해하셨어요.

하지만 난, 엄마 손과 내 손이 닮았다는 사실에
별로 공감하지 못했어요.
약간 비슷한 것 같지만,
그렇게 느끼진 못했으니까요.

엄마는 내 손이 엄마 손과 닮았다는 것이
무척 좋았나 봐요.

사람은 좋아하는 것이 있으면
비슷한 부분을 찾게 되니까요.

–

요즘은 그 얘기가 어떤 말인지 조금 알 것 같아.
나도 딸과 손가락이 닮았으니까.

엄마는 날 많이 사랑했기 때문에
자신과 닮은 모습을 찾고 싶었나 봐.
엄마는 그렇게 자신과 닮은 부분마저
흐뭇할 정도로 날 사랑했나 봐.

요즘 나를 찬찬히 살펴보면
엄마랑 참 닮은 부분이 많아.

얼굴, 몸, 성격, 그리고 손가락.

오랜 세월 엄마가 만들어준
사랑으로 컸으니까 닮은 거겠지.
엄마는 지금도 사랑으로 날 만들어가고 있어.

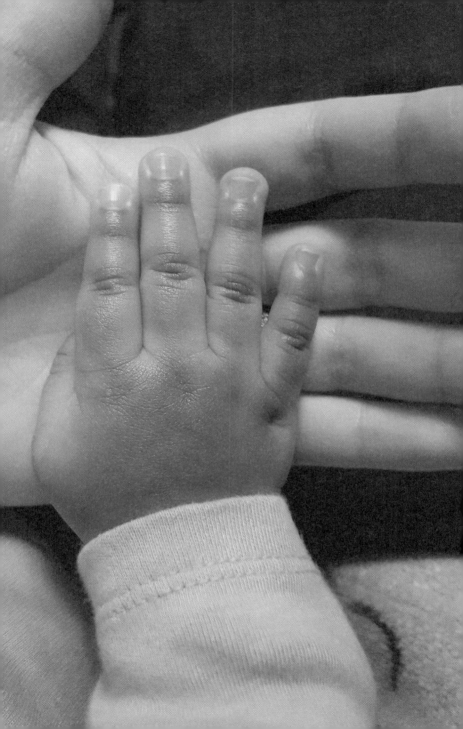

잦은
다툼

:

어릴 적 엄마와 나는 자주 다퉜어요.
나는 그 다툼으로 인해 상처를 많이 받기도 했죠.

엄마는 나를 이해하지 못한다고 생각했어요.

하지만 시간이 지나,
부모가 되었을 때 깨달았어요.
엄마에겐 그 다툼도
사랑이었다는걸.

지금까지 엄마는 그렇게
나와 사랑싸움을 하며 살았던 거죠.

이제 엄마에게 그 사랑,
다시 돌려줘야겠어요.

어릴 적,
엄마가 이해해주었던 대로,
엄마가 배려해주었던 대로,
엄마가 사랑해주었던 대로.

단출한
대화

•

내가 연락을 하든
엄마가 연락하든
언제나 엄마는 나에게
물음표를 던져요.

"밥은 먹었어?"
"아픈 데 없지?"

하지만 나는 엄마에게
언제나 마침표를 찍어요.

"밥 먹었지."
"아픈 데 없어."

엄마는 항상 내가 궁금한가 봐요.

요즘처럼 미세먼지가 가득한 날엔
화창한 날씨, 맑은 공기가 너무 그리워.

마스크를 쓰고 밖을 나서면 너무 불편하고,
마스크를 벗으면 나쁜 공기에 숨이 막혀.

어렸을 땐 맑은 공기를 그리워한 적이 없었어.
맑은 공기가 항상 있었으니까.

엄마의 사랑은 맑은 공기 같아.
언제나 곁에 있지만, 언제나 있기에 소중한지 몰라.

가족사항
조사

:

어린 시절, 가끔 학교에서
가족사항을 조사할 때마다
엄마는 학력을 '중졸'로 불러줬어요.

이상했어요.
사실 엄마는 중학교에 다니지 않았거든요.
엄마는 중학교도 다니지 못했다는 사실이
부끄럽게 여겨졌나 봐요.

사실 그건 부끄러운 게 아닌데.
엄마가 중졸이든 학교를 안 다녔든 상관없는데.

그러다 문득 이런 생각이 들었어요.
어쩌면 내가 무시당할까 봐
나를 위해 그랬을지도 모른다는 생각이요.

-
그때는 엄마의 마음을 이해하지 못했어.
괜찮다고 여전히 훌륭한 엄마라고 말하지 못했어.

엄마는 자식이라는 아주 복잡하고도 난해한
과목을 잘 공부해왔잖아.
질풍노도의 시기도 잘 견디며……
엄마라는 학업을 이만큼 잘 수행해왔잖아.

그것만으로도 엄마는
훌륭한 사람이야.

독립

:

취업하기 전,
돈 문제로 엄마와 크게 싸웠어요.

항상 돈 없다며, 좀 아껴 쓰라는 엄마.
항상 돈 달라며, 좀 쓰고 살자는 나.
우리는 그렇게 자주 냉전의 시간을 보냈어요.

지나고 나서 생각해보니,
돈이 문제가 아니었던 것 같아요.
서로 과도한 참견이 문제였던 것 같아요.

사실 그 돈은 내 돈이 아닌데,
마치 내 돈처럼 맘대로 달라고 했던 것이 잘못이었어요.

지금은 스스로 돈을 벌어보니,
그때 엄마의 마음을 조금 이해할 것 같아요.

엄마와 내가 여러 가지 문제로 다툼이 생긴다는 건,
이제 독립할 때가 되었다는 신호 같아요.

PART 1 이해할 수 없었던 이상한 엄마를 사랑해

혹시 이런 다툼이 생긴다면,
이렇게 한번 말해보았다면 어땠을까?
"지금까지 많이 사랑하고 보살펴줬으니까.
지금부터 스스로 살아볼게."

어쩌면 독립은 떠나오거나 떠나보내는 것이 아니라,
엄마의 마음을 이해할 수 있는 시간이 될지 몰라.

어디 아픈 데
없지?

:

오랜만에 엄마의 목소리가 듣고 싶어
전화를 걸었어요.

언제나 따스한 봄처럼
저 너머에서 들려오는 엄마의 목소리.
"어디 아픈 데 없지?"

나는 이토록 건강한데.
가냘픈 엄마보다 훨씬 건강한데.
엄마는 이상해요.
엄마는 항상 나의 아픔을 걱정해요.
항상 내가 아프지 않기를 기도해요.

나는 나보다 엄마가 더 아프다는 걸 알아요.

내가 태어났을 때도,
내가 힘들 때도,
내가 상처받았을 때도
엄마가 더 아파했어요.

하지만 지금껏 엄마의 아픔을 보지 못했어요.
이젠 더 이상 엄마가 아파하지 말았으면 해요.

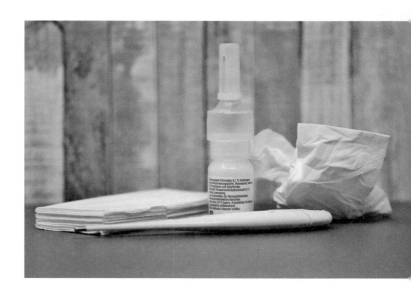

엄마가 이제 더는 아프지 않길 바라.
내가 힘들어도, 내가 상처받아도.

내가 태어났을 때,
많이 아파했으면 그걸로 충분하니까.

엄마의
사회생활

:

내가 사회생활을 막 시작했을 무렵,
엄마는 뜬금없이 식당을 하고 싶다고 했어요.

엄마를 제외한 나머지 가족은 모두 반대했죠.
식당은 아무나 하냐고.
경험도 없는데 무턱대고 하다가 망한다고.

모두 부정적으로 말했어요.
지금 생각해보면 시도라도
해보라고 말할걸 그랬어요.

엄마는 그동안 가족들 뒷바라지한다고
아무것도 할 수 없었을 거예요.

엄마는 아마 그때가 뭔가를 할 수 있는
가장 적기라고 생각했나 봐요.

PART 1 이해할 수 없었던 이상한 엄마를 사랑해

만약 그때 엄마의 일을 시도했다면
의외로 잘했을지 모른다는 생각이 들어.
왜냐하면, 엄마는 능력자니까.

그렇게 힘든 가정생활도 잘 해냈잖아.
그 많은 집안 살림도 해치우고 자식들도 아주 잘 키웠잖아.

그런 일은 누구나 할 수 있는 일이라고 말할 수도 있지만,
쉽게 할 수 있는 일이 아니잖아.

지금이라도 그런 엄마에게 힘을 실어줘야겠어.
엄마의 능력을 맘껏 펼칠 수 있게.

요술
램프

:

몇 년 전, 명절 때였어요.
나는 아직 어린 딸을 데리고,
본가에 갔어요.

엄마는 1년에 몇 번 만나지 못하는 손녀를 보고는
너무 좋아하셨어요.
분유도 먹이고, 기저귀도 갈아주셨죠.
딸의 기저귀를 갈다 문득 생각이 나셨는지
장롱에서 분통을 하나 꺼내오셨어요.

"이거 네가 어릴 적 쓰던 건데, 이젠 버려야겠다"라며
잠시 머뭇거리셨어요.

나는 청승맞다는 듯 말했어요.
"엄마는 그걸 아직도 가지고 있었어?"

다 낡아빠진 분통을 왜 아직도 간직하고 있었는지
나로서는 전혀 이해할 수가 없었어요.

지금 와서 생각해보니,
그 분통이 엄마에게는 요술램프 같은 존재였을지
모른다는 생각이 들었어요.
가끔 꺼내 만지면,
그 시절로 돌아가는.

PART 1 　이해할 수 없었던 이상한 엄마를 사랑해

—

엄마에게 분통은
잠시나마 가장 행복했던 시절로 돌아갈 수 있게 도와주는
그런 요술램프 같은 물건이었나 봐.
그래서 그때까지 버리지 못하셨던 것 같아.

엄마가 그날 요술램프 같은 분통을 버리려고 했던 건,
이제 그 요술램프가 없어도 가장 행복했던 시절로
돌아갈 방법을 찾았기 때문이 아닐까?

손녀의 기저귀를 갈아주면서 말이지.

짝사랑

엄마는 왜 사랑을 주기만 할까요?

엄마도
누군가의 예쁜 딸이고,
누군가의 사랑스러운 여자인데,
언제나 주기만 할까요?

그런 엄마가 때론 바보 같아 보여요.

봄이 오는 향기도 사랑했으면 좋겠고,
단풍이 물들어가는 모습도 사랑했으면 좋겠어요.

그리고 무엇보다
엄마가 자신만 사랑했으면 좋겠어요.
자신만 짝사랑하는 바보였으면 좋겠어요.

나머지
반쪽

:

나는 엄마를 너무 몰랐어요.
내가 지금까지 보아온 모습만이
엄마의 모습이라 단정 지었죠.
그래서 엄마를 '엄마'라는 역할로
한정 지어버렸어요.

나는 그렇게 엄마의 반쪽만 보았어요.
그러나 엄마도 '여자'라는 나머지 반쪽의 역할이 있어요.
그 역할은 마치 진흙 속 진주처럼 숨겨져 있었어요.
그건 숨겨져 있기에 없다고 생각했어요.

이제 엄마의 온전한 모습을 알아봐야겠어요.
엄마의 나머지 반쪽 모습을 지켜줄 때,
나의 사랑도 온전한 모습으로 다가올지 몰라요.

우리는 이렇게 서로의 온전한 모습에 대해 알아갈 때,
진심으로 사랑을 느낄 수 있어요.

나는 엄마를 단지 엄마라는 이유로
엄마의 사랑이
얼마나 아름다운지,
얼마나 고귀한지,
얼마나 따스한 건지 몰랐어.

엄마도 예쁜 여자고, 아름다운 여자잖아.

엄마도 사랑받을 권리를
가지고 태어난 사람이잖아.

엄마의
꿈

·

나는 엄마의 꿈이 뭔지 몰랐어요.
한 번도 생각해보지 못했어요.
항상 내 꿈만 생각했지,
엄마는 꿈이 없다고 생각했어요.

하지만 분명 엄마도 젊은 시절 꿈이 있었을 거예요.
문득, 엄마의 꿈이 궁금했어요.

"엄마는 젊었을 때 꿈이 뭐였어?"

엄마는 젊은 시절 꿈이 가수라고 하셨어요.
젊은 시절 이불을 뒤집어쓴 채,
라디오에서 흘러나오는 노래를 종종 따라 부르곤 했었다고.
하지만 어려운 가정 형편 때문에
꿈을 이룰 생각은 엄두도 못 내었다고 말했어요.

그러다 결혼을 하고,
팍팍한 결혼 생활로 인해
꿈은 저만치 꿈처럼 날려보냈겠죠.

지금은 형편이 좀 나아져 꿈을 향해 달려갈 수 있지만,
이제 엄마는 꿈을 좇는 방법을 잃어버렸어요.

엄마에게 꿈을 좇는 방법을 찾아주고 싶어.
가수가 될 수 있을지는 모르겠지만,
우선 마음껏 노래를 들을 수 있게 해드리고
가끔 노래방도 같이 가야겠어.

젊은 시절, 라디오를 듣던 감성을
조금이나마 느낄 수 있다면
그건 엄마에게 아주 큰 선물이 될 것 같아.

꽃다운
시절

:

따스한 어느 봄날,
한껏 멋을 낸 한 소녀와 긴 머리의 아가씨를 보았어요.

문득,
엄마의 젊은 시절이 궁금해졌어요.

엄마도 분명
감수성이 풍부한 소녀였던 시절이 있었을 거예요.

길가에 핀 개나리꽃에
잠시 걸음을 멈추고,
해맑은 미소로 바라봤던 시절이
분명 있었을 거예요.

아름다움을 뽐내고 싶은 아가씨였던
시절도 있었을 거예요.

긴 생머리에 연한 화장을 하고,
한껏 멋을 낸 치마를 입고,
상기된 표정으로 놀러 다니던 시절이
분명 있었을 거예요.

하지만 저는 그런 엄마의 모습을 보지 못했어요.
보지 못했기에 없다고 생각했어요.

하지만 엄마도 분명
그런 꽃다운 시절이 있었을 거예요.

봄날

●
●

엄마에게 봄날은 언제였을까요?

엄마가 어렸을 때?
엄마가 사랑할 때?

어쩌면 내가 태어났을 때가
엄마의 봄날일지 몰라요.
그러나 엄마의 봄날은 금방 지나갔어요.
세월이 흘러 긴 겨울을 지나고,
이제 엄마에게도 봄날이 오려고 해요.

그런 엄마에게
따스한 봄날을 선물해야겠어요.
내가 태어났을 때 받았던
그 봄날의 따스함을.

시간을 되돌릴 순 없지만,
나로 인해 잊혔던 그 아름다운 봄날의 기억을
꼭 찾아주고 싶어요.

추억
여행

:

엄마에게도 간혹 꺼내 보고 싶은
그런 추억이 있겠죠.
특히 결혼하기 전, 추억 말이에요.
첫사랑에 대한 애틋한 추억이 있을지 몰라요.
그건 엄마만 알고 있겠죠.

오늘은 엄마에게 그런 마음속 추억을
꺼내 볼 수 있게 도와드려야겠어요.

지금까지 가족을 위해 열심히 살아온
엄마에게 그런 추억 여행은
가족을 더 사랑할 수 있는 활력소가 될지 몰라요.

처음엔 쉽지 않겠지만,
잠시라도 추억 여행을 떠나
행복한 시간을 보내실 수 있도록.

엄마의
습관

· ·

어느 날, 엄마에게 전화가 왔어요. 목이 많이 쉬었다고. 며칠
쉬고 약도 먹었는데, 목이 가라앉질 않는다고. 나는 당장 병원
에 가보라고 했어요. 엄마는 집 근처 작은 병원에 다녀와서 괜
찮다고 했어요. 그리고 약을 먹었으니 좀 쉬면 나을 거라고, 걱
정하지 말라고 했어요. 나도 그냥 감기려니 했지만 엄마의 목
은 낫지 않았어요.

엄마는 다시 집 근처 작은 병원을 갔어요. 찾아간 병원의 의사
는 큰 병원에서 정밀진단을 받아보라고 권유했죠. 하지만 엄마
는 바쁘다는 핑계로 차일피일 미루다가 몇 달 후, 도저히 참기
가 어려웠는지 그제야 큰 병원을 가셨어요.

며칠 후 본가 근처에 살던 동생에게 연락이 왔어요. 엄마가 수
술을 받아야 한다고.

난 동생에게 왜 이제야 연락을 하냐고 다그쳤어요. 그러자 동
생도 며칠 전에 알았다고 했죠. 난 바로 엄마에게 전화를 걸어
화를 내며 따졌어요.

"엄마는 왜 아픈 걸 이제야 말해!"
그러자 엄마는 미안한 듯, 변명하셨죠. 나와 동생이 걱정할까
봐, 알리지 못했다고. 나는 당장 내려간다고 말했어요. 하지만
엄마는 큰 수술도 아니라며 오지 말라고 하셨죠.

하지만 마음이 무거워진 난 시간을 내어 병원을 방문했어요.
엄마는 일도 바쁠 텐데, 왜 왔냐고 했지만, 내심 좋으셨던 것
같아요. 표정에서도 훤히 알 수 있었거든요.
다행히 수술도 잘되고, 회복도 빨라졌어요. 담당 의사는 당분간
말을 하지 말라는 당부와 함께 내일 퇴원해도 좋다고 했어요.

퇴원 날, 나는 아빠 차에 엄마랑 같이 타고 집으로 향했어요.
엄마는 아빠에게 터미널로 바로 가자고 했어요. 난 괜찮다고, 집
에서 버스 타고 터미널로 가겠다고 했죠. 하지만 엄마는 아빠에
게 터미널로 바로 가자고 했어요. 그래서 아빠는 엄마를 잘 데리
고 갈 테니까 바로 올라가라고 했어요. 자꾸 실랑이를 벌이면 엄
마의 목이 더 아플 것 같아 그냥 터미널에서 올라가기로 했어요.

터미널에 도착한 후, 난 엄마에게 알아서 갈 테니 내리지 말라
고 했어요. 엄마는 고개를 끄덕이곤, 올라갈 때 차비로 쓰라며
작은 봉투를 건네셨어요.

난 괜찮다며 거절했지만 엄마는 기어이 그 봉투를 내 주머니에 욱여넣고, 차를 타고 가버리셨죠. 나는 그렇게 멀어지는 차를 한참 동안 바라보았어요.

난 알고 있었어요. 엄마가 바쁘다는 핑계로 큰 병원을 안 갔다고 했지만, 사실 그건 돈 때문이라는 걸. 예전부터 엄마는 크게 아파도 병원을 잘 안 가셨는데, 수술하면 돈이 많이 들기 때문이었죠. 그래서 엄마의 내미는 봉투를 받기가 더 어려웠어요. 이제 우리 가족은 평범하게 먹고살 만큼 돈을 벌고 있어요. 하지만 엄마는 여전히 예전 습관을 버리지 못하고 있었죠. 그게 어려운가 봐요.

오랜 세월 동안 들인 습관이라 고치기 어렵겠지만, 이제부터 엄마가 돈 생각 않고 엄마의 건강을 먼저 챙기셨으면 좋겠어요. 건강검진도 자주 받으면서.

왜냐하면 나에게는 얼마의 돈보다 엄마랑 같이 있는 그 시간들이 훨씬 더 소중하니까요.

나보다 나를 더 잘 아는 다정한 엄마에게

#2

사랑하는 법을 알려준
소중한 엄마를

존경해

첫사랑

:

첫사랑은 처음이라,
그게 사랑인지 모르나 봐요.
우리는 서로에게
첫사랑이 아니라 책임이라 생각했어요.

처음이라,
그때는 사랑인 줄 몰랐어요.
나도, 엄마도.

내가 세상에서 처음 바라본 눈빛
내가 세상에서 처음 만져본 온기
내가 세상에서 처음 느껴본 손길

내가 태어나 처음 바라본 세상은
엄마가 전부였어요.

처음 사랑은 그렇게 시작되었죠.

하지만 모든 것이 처음이라,
그땐 그게 사랑인지 몰랐을 뿐이에요.

바라보고, 만지고, 느끼는
모든 것이 처음이라.

—

나를 키워본 것도,
나를 사랑한 것도,
처음이라 모든 게 서툴고 힘들었을 울 엄마.

하지만
처음이라 더 소중했을 것이고,
처음이라 더 사랑했을 것이고,
처음이라 더 애틋했을 엄마의 사랑.

시간이 지나고, 자식이 생기고 나니
이제야 그것이 비로소 진짜 사랑인 줄 알게 되었어.
그렇게 시간이 지나고, 기다림이 무르익을 때쯤에야
완전한 사랑이 이루어지는 것 같아.

무슨 일
있어?

:

오랜만에 엄마에게 전화를 걸었어요.

멀리서 들려오는 엄마의 첫마디,
"무슨 일 있어?"

미안한 마음에 더 퉁명스럽게 말했어요.
"아무 일 없는데, 무슨 일 있는 것처럼 물어봐."

엄마의 사랑은
엄마의 세상은
언제나 그랬듯
나로 가득해요.

그냥 목소리가 듣고 싶어서 전화한 건데.
엄마는 오늘도 어김없이 나를 걱정해요.

상처
자국

:

어렸을 때, 수술을 받은 적이 있어요.
큰 수술은 아니었지만,
그 수술로 인해 몸에 자국을 남기게 되었죠.

그 자국은 속옷으로 감춰 있어
저만 알고 있어요.

또 왼쪽 엄지발가락 옆에도
제법 큰 상처 자국이 있어요.

어렸을 때, 물놀이하다 넘어지는 바람에
유리병 조각에 베인 자국이지요.

이 자국도 양말로 감춰 있어
저만 알고 있죠.

다른 이들은 모르는 은밀한 상처들.
하지만 엄마는 가끔 이 자국에 대해 얘기하곤 해요.
그 당시 마음 졸이며 맘고생을 했던 상황에 대해.

나의 은밀한 상처 자국까지 아는 사람이
세상에 한 명 더 있었네요.

—
엄마는
말하지 않아도 알고 있어.
내가 기분이 좋은지
내가 기분이 슬픈지
내가 기분이 속상한지
내가 힘든지를.
표정만으로도 모든 걸 알고 있어.

그렇게 지금까지 날 사랑으로
마음 쓰며 지켜봐 왔던 거야.

독립
이후
:

28살에 편안했던 집 생활을 접고,
자취 생활을 시작하게 되었어요.

내가 하고 싶은 것과 먹고 싶은 것,
맘대로 할 수 있다는 사실에 마냥 설렜어요

이제 누군가의 간섭을 받지 않고,
진정 혼자만의 시간을 가질 수 있다는 사실도 흥분되었죠.

하지만 그 설렘과 흥분은
그리 오래가지 않았어요.

밀려 있는 설거지와 유통기한 지난 음식,
방 안에 널브러져 있는 옷가지를 볼 때면
자취 생활이 쉽지 않음을 느껴요.

엄마의 빈자리가 점점 크게 느껴졌죠.

밥 먹고 그냥 나와도 언제나 깨끗한 식탁.
먹고 또 먹어도 언제나 가득 찬 냉장고.
입고 마구 벗어놔도 언제나 가지런한 옷장.
학교 갔다 오면 언제나 정리된 이불.

집 밖을 나갔다 오면
이 모든 것이 마치 요술을 부린 것처럼 정리되어 있었죠.
그래서 이 모든 것을 늘 당연하게 여겼어요.

하지만 자취 생활을 시작하면서,
이 요술은 거짓말처럼 없어졌어요.

어쩌면 사람은 때가 되면
적당한 거리가 필요한 것 같아요.
적당한 거리는 너무 당연하게 생각했던 것들을
조금 특별하게 만들어주죠.

때론 적당한 거리가 엄마의 사랑을
조금 특별하게 만들어주기도 해요

아름다운
것들

:

엄마가 주는 밥,
엄마가 주는 옷,
엄마가 주는 돈,

모두 너무 당연하게 생각했어요.
사실 당연한 게 아닌데.

혼자 해보니까 얼마나 힘든 건지 알게 됐어요.

엄마도 태어날 때부터 잘했던 건 아니었을 텐데.
오랜 시간 시행착오를 겪으며 배웠을 텐데.

난 당연히 옛날부터
엄마는 그런 걸 잘했을 거로 생각했어요.

엄마도 예쁜 것만 좋아하던 시절이 있었을 텐데.
엄마도 꾸미는 것만 좋아하던 시절이 있었을 텐데.

그런
사람

.
.

많은 돈을 주지 않았지만,
언제나 행복을 주려고 한 사람.

많은 여행을 가지 않았지만,
언제나 즐거움을 주려고 한 사람.

완벽한 것을 주지 않았지만,
언제나 부족함을 메워주려고 한 사람.

비싼 옷을 입지 않았지만,
언제나 아름다움이 묻어나는 사람.

사랑스러운 말을 하지 않았지만,
언제나 사랑이 느껴지는 사람.

다정한 말을 하지 않았지만,
언제나 따스함이 느껴지는 사람.

이 세상 모든 것이 변해도
언제나 변치 않는 마음으로
내 곁에 있을 유일한 사람.

그런 사람이 엄마야.

나도 엄마에게 그런 사람이 될게.

나에게
오는 길

:

딸아이를 유치원에 데리러 가면,
딸은 항상 웃으며 나에게 안겨요.
매일 보는 나지만, 언제나 좋은가 봐요.
너무 다행이라는 생각을 늘 해요.

난 어릴 때 엄마가 학교에 오는 걸 창피하게 생각했어요.
중학교, 고등학교에 다닐 땐 더 심했어요.
사춘기 때문이었을까요?
아니면 엄마가 부끄러워서 그랬던 걸까요?
그땐 왜 그랬는지 몰라요.

암튼 그런 내 마음조차 들키기 싫어
무심하게 대한 적도 많아요.

하지만 엄마는 언제나 웃으며 나에게 왔어요.
매일 보는 나지만, 언제나 좋은가 봐요.

—

지금 생각해보면 너무 미안한 마음이 들어.
웃으며 반겨줄 걸 그랬어.
그땐 철이 없어서 몰랐어.
나에게 오는 길이 엄마에게 얼마나 큰 기쁨인지.

지금도 엄마는 나를 보는 것에
큰 기쁨을 느끼는 것 같아.

그 기쁨, 자주 줄게.
시간이 지나면 주고 싶어도
못 주는 날이 올지 모르니까.

나를
잘 아는 사람

아파본 사람은
아픈 마음을 잘 안다고 해요.

힘들어본 사람은
힘든 마음을 잘 안다고 해요.

사랑해본 사람은
사랑하는 마음을 잘 안다고 해요.

나를 위해 아파본 사람
나를 위해 힘들어본 사람
나를 위해 사랑한 사람

그래서 엄마는
나를 그렇게 잘 아나 봐요.

진정한
친구

·

우리는 살면서 많은 친구를 만나게 돼요.

친구들을 통해 기쁨도 느끼고,
슬픔도 겪게 되고, 실망도 맛보게 되죠.
그런 과정을 통해
진정한 친구의 의미를 찾아가죠.

진정한 친구란
기쁠 때 같이 웃어주고,
슬플 때 같이 울어주며,
힘들 때 서로 위로해주는 사람이라고 생각해요.

사람들은 살면서 그런 친구 하나만 있어도
성공한 인생이라 말해요.
그러나 그런 진정한 친구를
만나기란 여간 어려운 일이 아닐 거예요.

그만큼 진정한 친구를 만나는 것은
어려운 일이죠.

하지만 우리에겐 태어나면서부터
만난 진정한 친구가 있어요.
바로 엄마예요.

엄마는
기쁠 때 같이 웃어주고,
슬플 때 같이 울어주며,
힘들 때 서로 위로해주는 진정한 친구일 거예요.

우린 그 진정한 친구를
너무 외면하며 살지 않았나요?

이제부터라도 그런 엄마에게
진정한 친구가 되어줘야겠어요.

아름다운
동행

　•
　•

내가 앞을 보고 걸으면,
엄마도 앞을 보고 걸어요.

내가 옆을 보고 걸으면,
엄마도 옆을 보고 걸어요.

언제나 엄마는 나와 같은 곳을 바라보며,
같은 방향으로 걸어요.

그러다 갑자기 어려운 상황에 마주쳐
뒤를 돌아보게 될 때가 있어요.
그때 엄마는 나를, 나는 엄마를 봐요.
유일하게 다른 방향을 보는 순간이죠.

그렇게 엄마는 내가 앞으로 가면
같은 곳을 바라봐주고,
힘들어 뒤를 돌아보면
항상 그 자리에서 나를 바라봐주죠.

엄마와 나는 그렇게 오랜 시간
아름다운 동행을 해오고 있어요.

엄마의
마음

:

어느 날, 딸이 너무 아팠어요.
열이 40도를 넘어 급히 응급실로 데려갔죠.
다행히 큰 병은 아니고,
감기몸살이 심하게 왔어요.

주사도 맞고, 약도 처방받아 귀가했어요.
그리고 집에서 정성스레 간호했죠.

엄마는 손녀가 아프다는 얘기를 듣고,
한걸음에 달려오셨어요.

곤히 잠든 손녀를 보시곤,
많이 걱정하셨어요.

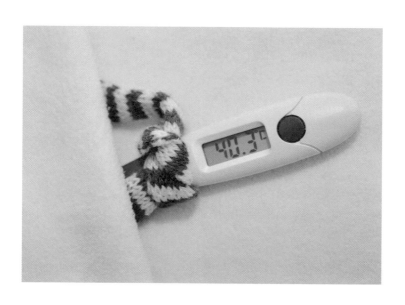

의사 선생님이 상태가 많이 호전되었다고 하자,
"밥은 먹었어? 잠은 좀 잤어?"라고 물으며,
우리 내외를 많이 걱정하셨어요.

사실 딸이 아프니 밥맛도 없고, 잠도 못 잤어요.
그래도 걱정하실까 봐,
밥도 잘 먹고 잠도 잘 잤다고 말했죠.

하지만 엄마는 아셨을 거예요.
곁에서 간호하는 부모의 마음을.

먼저 겪어봤기에 그 힘들고 아픈 마음을
누구보다 잘 아셨을 거예요.

하지만 어릴 적 내가 아팠을 땐,
그런 엄마의 마음을 헤아리지 못했어요.

그런 미안한 마음이 들어
더욱 잠들기 어려운 밤이에요.

엄마가
좋아하는 것

:

40년 동안 엄마를 봤는데,
엄마가 무슨 꽃을 좋아하는지.
엄마가 무슨 음악을 좋아하는지.
나는 몰랐어요.

엄마도 아마 꽃을 좋아하겠죠.
엄마도 아마 음악을 좋아하겠죠.

나는 그렇게 엄마를 모른 채,
40년을 살았어요.

하지만 엄마가 좋아하는 한 가지는
분명히 알아요.

세상 그 무엇보다 나를 좋아해요.

약속

:

살면서 많은 사람과 사랑을 나누며 살아가요.

그 많은 사람과 사랑을 나누면서
기쁜 일도 있고, 때론 마음에 상처를 받기도 해요.

사랑할 땐 영원한 사랑을 약속하지만,
힘들거나 마음에 상처를 받으면 이별을 생각하게 되죠.

이별 후 오는 정리의 시간도
고스란히 우리가 감당해야 하는 몫이 되죠.

엄마도 나에게 영원한 사랑을
약속한 사람 중 하나일 거예요.
하지만 엄마의 사랑이 다른 사랑과 다른 점은
그 약속을 영원히 지키려고 노력한다는 점이에요.

때론 큰 다툼이 있어 마음에 상처를 받기도 하지만,
엄마는 다시 사랑으로 치유하려고 노력해요.

우린 그런 엄마의 노력을 무심코 넘길 때가 많아요.

하지만 이것 하나는 확실해요.
엄마는 그 약속을 영원히 지킬 거예요.

왜냐하면, 그 약속은 엄마 배 속에 있을 때부터
나에게 매일 들려주었던 약속이니까요.

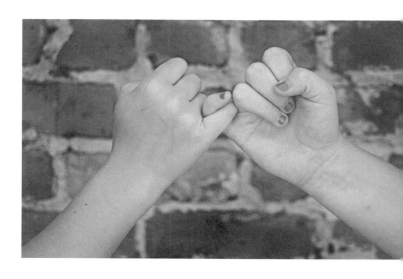

한결같은
사람

∶

살면서 너무 힘들 때 있죠?
그 순간, 당장이라도 엄마 곁으로 뛰어가고 싶지만,
그렇게 할 수가 없는 경우가 많아요.

하지만 그렇게 힘든 순간이 지난 뒤 다시 만나면,
나는 엄마에게 그 어떤 말도, 그 어떤 표현도 못 해요.
언제나 그랬듯.

요즘은 엄마가 자주 보고 싶어요.
하지만 만나도 잘 표현하지 못해요.

그래서 내 전하고 싶은 마음을,
이렇게 내 전하지 못한 말을 꺼내보려고 해요.

—
엄마!
언제나 기다려줄 수 있지?
전하고 싶은 마음을,
전하지 못한 말을,
전할 수 있을 때까지.

언제나 변함없이 지금 모습 그대로
있어 주리라 믿어.

내가 뒤돌아보면 보이는 그곳에
언제나 있어 줘.

나도 그럴 테니까.

흔적

:

엄마는 오랜 세월 나를 사랑했어요.

찰랑거리던 갈색 머릿결에
눈이 내릴 때까지.
윤기 있던 살결에
이랑이 생길 때까지.
그렇게 엄마는 긴 세월,
나에 대한 사랑을 온몸에 새겨 넣었어요.

이 모든 것이
엄마가 살아온 방식이고,
사랑의 흔적일 거예요.

PART 2 사랑하는 법을 알려준 소중한 엄마를 존경해

지금 엄마는 많이 늙었어.
하지만 나를 사랑하는 마음만큼은 늙지 않았어.

엄마는 그 늙지 않는 마음으로
여전히 사랑의 흔적을
온몸에 새기고 있을지 몰라.

미역국

:

"미역국은 먹었어?"
내 생일날 아침이면 어김없이 엄마의 전화가 와요.

나는 퉁명스럽게 말해요.
"미역국 먹을 시간이 어디 있어?
출근 중이라 바쁘니까, 나중에 통화해."

퇴근길에 다시 엄마에게 전화가 와요.
"미역국은 먹었어?"

나는 피곤한 목소리로 말했어요.
"집에 가서 먹을 거니까, 걱정하지 마."

시간이 많이 흘러 가정을 꾸리고 몇 년이 흘렀는데도
생일날 아침이면 엄마의 전화가 와요.
"미역국은 먹었어?"

귀찮을 때가 많은 생일날 아침,
엄마의 미역국 안부 인사.

그러다, 문득 이런 생각이 들었어요.
'언젠가 그리울 때가 오겠지…….'

–

40년 전 내 생일 날,
엄마는 이 세상에서 가장 큰 고통을 겪었어.

20살의 나이에 엄마가 감당해야 할 그 고통은
말로 가늠할 수 없을 거야.

엄마는 그 고통의 대가로 나를 만났고
미역국을 먹었을 거야.

매년 내 생일은 엄마에게 고통의 날이기도 해.

이제 미역국은 엄마를 위해
내가 만들어야 하지 않을까.

행복으로
가는 길

•

집 앞 시장에 간단히 장을 보러 갔어요.
양상추와 양파를 좀 사려고
채소가게에 들렀을 때였어요.

나이가 지긋하신 엄마와 딸이
옆에서 채소를 보고 있었어요.

"엄마, 멀리서 온다고 힘들었지?"
"아니, 우리 딸하고 손주 본다고 하나도 힘들지 않았어."

"그러게, 왜 멀리까지 힘들게 와. 내가 명절에 가면 되지."
"너희가 바쁘면 오기 힘들잖아. 이렇게 와야 얼굴이라도 보지."

양상추를 고르다 말고 그들을 잠깐 보았어요.
그들의 얼굴에서 많은 감정을 볼 수 있었어요.

딸은 걱정스러운 마음과
자주 가지 못해 미안한 마음이 보였어요.

그에 반해,
엄마는 행복한 마음과
잘해주지 못해 미안한 마음이 보였어요.

문득 엄마 생각이 났어요.

몇 년 전, 우리 내외가 바빠
고향에 내려가지 못하게 되었어요.
그때, 엄마가 우리 집으로 올라왔죠.

엄마는 양손에 무거운 음식을 가지고 오셨어요.
그리고 다음 날 아침 일찍 차편으로 내려가셨어요.

엄마와 우리 내외가 마주 앉아
대화한 시간은 반나절도 채 안 되었죠.
엄마는 그 반나절도 채 안 되는 시간을 위해
며칠을 준비하셨을 거예요.

엄마는 그 준비하는 시간도 즐거워했을 것 같아요.
며칠 후면 사랑하는 자식과 손주를 본다는 생각으로 말이죠.

가끔 고향 가는 길이 힘들어
이 핑계 저 핑계로 내려가지 않을 때도 있었어요.
이제부터 엄마에게 가는 준비를 즐겁게 해야겠어요.
그건 행복으로 가는 길이니까요.

걸작

•

가끔 힘들 때 엄마한테 전화하면
엄마가 이렇게 말하곤 했어요.

"못난 부모 만나 고생한다."

난 엄마가 못난 부모라 생각하지 않아요.
엄마가 이렇게 멋진 작품을 만들어냈는데,
왜 못난 부모인가요.

마음껏 뛸 수 있게 튼튼한 몸을 줬잖아요.
열심히 살아갈 수 있게 건강한 정신을 줬잖아요.

이렇게 멋진 작품을 내게 선물해줬으니
얼마나 고마운지 몰라요.

PART 2　사랑하는 법을 알려준 소중한 엄마를 존경해

—

이 멋진 작품을 소중히 다룰게.
그리고 좀 더 다듬어 걸작으로 탄생시킬게.

그래서 엄마가 걷기 불편할 땐 튼튼한 다리가 되어주고,
판단하기 힘들 땐 똑똑한 비서가 되어줄게.

그러니까 필요할 땐 언제나 불러줘.
그리고 맘대로 써도 돼.

지금껏 나도 맘대로 엄마 썼잖아.

내리
사랑

:

'내리사랑'이라는 옛말이 있어요.

부모에게 받은 사랑을
자식에게 돌려줄 때 종종 쓰곤 하죠.

난 이 말을 좋아하지 않아요.

엄마에게 받은 사랑은
엄마에게 돌려주어야 해요.

엄마에게 받은 사랑을
자식에게 돌려주는 것으로
내 소임을 다했다고 말할 수 없어요.

엄마에게 받은 사랑은
엄마에게 다시 돌려주어야 하고,

자식에게 주는 사랑은
자식에게 다시 돌려받으면 돼요.

사랑은 한 방향으로 흘러가는 것이 아니에요.

반드시 받은 사랑은
받은 사람에게 다시 되돌려주어야 해요.

내 사랑을 줄 수 있게
엄마가 오랫동안 내 곁에 머물러주었으면 해요.

사랑은 한 방향으로
흘러가는 것이 아니야.

반드시 받은 사랑은
받은 사람에게 다시 되돌려주어야 해.

편지

•
:

엄마에게 가끔 편지를 써보세요.

메신저는 일상적인 대화를 주고받는 것이라
마음을 전하기 쉽지 않지만,
편지는 숨겨두었던 내 마음을
오롯이 전할 수 있거든요.

꼭 감동적인 얘기가 아니어도 좋아요.
그냥 하고 싶은 말이나
말로 표현하기 어려운 것,
모두 상관없어요.

저녁에 짧은 편지를 써
엄마의 화장대나 침대 맡에 놓아두세요.
혹시, 멀리 사신다면 우편으로 부쳐보세요.

이 편지들은 엄마와 나만의
애틋한 추억 여행 이정표가 될 거예요.

죽을 만큼
사랑스러운 그녀

누군가를 죽을 만큼 사랑해본 적 있나요?

누군가를 죽을 만큼 사랑한다는 건,
죽고 나서도 그 사람을 사랑하고 있다면
그건 죽을 만큼 사랑했다는 증거일 거예요.

우리는 이별하면 죽을 것 같지만, 죽지 않아요.
우리는 사랑할 때 죽을 만큼 사랑하지만, 죽지 않아요.

그건 우리가 죽지 않을 만큼 사랑하고,
이별했다는 증거예요.

하지만 엄마는 나를 죽을 만큼 사랑하고 있어요.
왜냐하면, 엄마는 죽고 나서도 나를 사랑하기 때문이에요.

죽을 만큼 사랑한다는 건,
그렇게 어려운 거예요.

당신은 지금도 죽을 만큼 사랑받고 있어요.

그러니 지금부터 죽을 만큼 사랑해주세요.
죽을 만큼 사랑스러운 그녀를.

무슨 일 있으면
전화해

· ·

회사를 그만두고 글을 쓰는 동안 감정의 기복이 심했던 시기가
있었어요. 때마침 그때, 엄마에게 자주 전화가 왔었어요. 나는
그 롤러코스터 같은 감정을 고스란히 담아 엄마에게 쏟아내었
죠. 머릿속으론 그러면 안 되는 줄 알고 있었지만, 입으론 거침
없이 뱉어냈어요.
지금 생각하면 나 자신이 참 못났고, 어리석다는 생각이 들어
요. 하지만 그 당시는 그런 감정을 주체하기 어려웠어요.

엄마는 그런 내 마음을 이해하는지, 더 자주 전화를 걸어왔어
요. 그때마다 엄마는 항상 같은 말을 했어요.
"밥 잘 챙겨 먹고, 무슨 일 있으면 언제든지 전화해."

시간이 흘러, 지금은 마음의 안정을 되찾았어요. 엄마의 전화
도 드문드문 오게 되었고요.
어느 날 집에서 책을 읽고 있는데, 엄마에게 전화가 왔어요.
잠시 서로의 안부를 묻고 난 후, 엄마는 여느 때처럼, "밥 잘 챙

겨 먹고, 무슨 일 있으면 언제든지 전화해"라며 끊었어요.

전화를 끊고 난 후, 갑자기 그날따라 그 말이 머릿속에 맴돌았
어요.
예전 무심코 통화할 때는 그 말의 의미를 크게 두지 않았는데, 그
냥 으레 하는 끝인사처럼 아무 생각 없이 들었는데 이상했어요.
그런데 갑자기 엄마가 항상 하던 그 말의 의미가 새롭게 다가
왔어요.
나에게 엄마는 이렇게 말하는 것 같았어요.
"엄마가 항상 네 곁에 있으니, 어려운 일 생기면 주저 말고 언
제든지 얘기해."

엄마는 어쩌면 젊은 시절, 많은 것을 혼자 견뎌냈기에 그 마음
을 잘 알았을지 몰라요.
혼자 견디는 외로운 마음을.
엄마는 목소리만 들어도 내 감정을 알았나 봐요.

엄마와 난 멀리 떨어져 있지만, 신기하게 마음은 늘 가까이 있었어요. 엄마는 언제나 내 곁에 있었죠.

엄마의 마음을 알고 나니, 내가 힘들다고 마구 감정을 쏟아냈던 지난날이 떠올라 마음이 무거워졌어요. 미안한 마음을 안고, 용기 내 전화를 걸었죠. 그리고 엄마에게 마음을 담은 끝인사를 남겼어요.

"무슨 일 있으면 언제든지 전화해."

그리고 마음속으로 이 말도 같이 전했어요.
'엄마, 항상 내 곁에 있어 줘서 너무 고마워.'

감당할 수 없는 슬픔을 맞이하기 전에

3

결코 잊을 수
없는 영원한

엄마를 기억해

엄마
등
:

어릴 적 놀다가 발가락을 다친 적이 있어요.
병원에서 간단한 수술을 마친 후,
엄마는 나를 업고 이곳저곳을 다녔어요.

나는 아프다는 핑계로
엄마 등에 업혀
돈가스도 먹고 시내 구경도 신나게 한 후,
버스를 타고 집에 왔어요.

그때 먹은 돈가스가 아직도
기억에 생생해요.

그때 내 나이 일곱 살이었어요.

지금 일곱 살인 딸이
가끔씩 피곤하다며 업어달라고 졸라요.

그런 날이면 딸을 업고
유치원에서 집까지 걸어와요.
10분쯤 걸으면 점점 허리가 아파오고
예전 엄마 생각이 나요.

그제야 엄마의 마음이 느껴졌어요.
이제야 엄마의 고통도 느껴졌어요.

–
엄마 등은 너무나 따뜻하고 편안해.
일곱 살의 내가 그랬듯
지금 내 딸도 그런 따뜻함과 편안함을 느끼겠지.
아파도 말하지 않고
통증을 참으면서 등을 내주던 엄마가
오늘따라 그리워.

비 오는
날

·

나는 어렸을 때부터 비 오는 날을 싫어했어요.
비 오는 날은 밖에서 마음껏 뛰어놀지 못하기 때문이죠.
어른이 되어 비 오는 날이 더 싫어진 건
비가 오면 어김없이 엄마의 몸이 아파지기 때문이죠.
그래서 비 오는 날이면 엄마가 생각나요.

아직 경험해보지 못해 이해할 수 없지만,
엄마의 목소리만으로도 그 아픔이 전해져요.

나는 그 아픔을 몰라요.
하지만 그 아픔이
나로 인해 생겼다는 사실은 알고 있어요.

어쩌면
뼈마디가 쑤시는 만큼
나에 대한 사랑이 쌓였을지 모른다는 생각이 들어요.

오늘도 어김없이
봄비가 주룩주룩 내리고 있어요.

오늘도 어김없이
사랑과 아픔이 쌓여가고 있어요.

엄마의
전부

오래전 어느 날,
엄마는 어린 나를 데리고 장사를 시작했어요.

늦은 저녁
어린 동생을 업고, 어린 나의 손을 잡고,
옷을 사기 위해 서울로 갔어요.

그리고 서울에서 산 옷을
부산으로 가져와 판매했어요.
그렇게 힘들게 삶을 이어왔죠.

그러던 어느 날 버스에서
피곤한 엄마는 잠시 눈을 붙였어요.

눈을 떠보니 손을 잡고 있던 내가 없었어요.

너무 놀란 엄마는 황급히 버스에서
나를 찾기 시작했어요.

나는 젊은 청년들 틈에 끼어 해맑게 놀고 있었어요.
엄마의 놀란 가슴은
이내 뜨거운 눈물이 되어 쏟아졌어요.

삶은 그렇게 엄마를 힘들게 했지만,
그 힘든 삶보다 엄마를 더 힘들게 한 건,
나를 잃을 뻔한 아찔함이었지요.

그렇게 나는 엄마의 전부였는지 몰라요.
그렇게 엄마는 엄마의 전부를 잃을 뻔했을지 몰라요.

과거

∶

엄마는 내 과거를 모두 알고 있어요.
하지만 나는 엄마의 과거를 몰라요.

나로 인해 엄마가
얼마나 아팠을지,
얼마나 좋았을지,
얼마나 기뻤을지,
그리고
얼마나 힘들어했을지.

엄마의 세상엔 내가 전부지만,
나의 세상엔 엄마가 일부였어요.

이제 엄마의 과거에 관심을
가져보려고 해.

엄마의 과거를 알아가는 것이
미래를 사랑으로 채워갈 방법이니까.

타임머신

:

타임머신이 있다면

내가 태어났던,
엄마가 아파했던,
그 시간으로 돌아가고 싶어요.

돌아갈 수 있다면,
돌아가 꽃다운 엄마를 만난다면.

나보다 어린 엄마를
꼭 안아주고 싶어요.

그리고
이렇게 전하지 못한 말을 전할 거예요.

"정말 미안하다고, 정말 고맙다고,
그리고 너무 사랑한다고."

허벅지

:

어릴 적, 신나게 놀고 집에 와서
엄마의 허벅지를 베개 삼아 잠든 적이 많았어요.

금방 잠이 들면 다행이지만,
텔레비전을 보느라 늦게 잠들 때면
엄마는 무척 힘들었을 거예요.

하지만 엄마는 한번도
힘든 내색을 하지 않으셨어요.

요즘 딸에게 제 허벅지를 내어줄 때가 있어요.
시간이 지나면 허리가 많이 아프고 힘들어
그 시절 엄마 생각이 많이 나요.

앞으로 얼마나 남았는지 모르는 시간,
이제 제 허벅지를 빌려드려야겠어요.
엄마가 편히 쉴 수 있도록.

눈물

:

지금 생각해보니까
어렸을 때,
엄마가 우는 걸 본 적이 없는 것 같아요.

엄마도 아주 힘들고 지쳤을 땐,
울었을 텐데.

나 몰래 울기도 했겠죠.

가끔 상상을 해봐요.
엄마가 우는 모습을.

엄마,
늦었지만, 이제라도 힘들면
힘껏 울어도 돼.

엄마도 엄마이기 전에
여자니까.

엄마의
자존감

  ·
  ·

엄마는 나에게 어릴 적부터
무엇이든 잘한다고 응원해주고,
무얼 하든 내 편이 되어주었어요.

하지만 정작 엄마는 자존감이 높지 않은 것 같아요.
항상 내 자존감을 높이는 방법만 생각했었죠.

이제 엄마의 자존감을 높여줄 차례예요.

엄마의 자존감을 높여줄 좋은 방법은
받은 사랑을 다시 돌려주는 것이죠.

엄마에게 이렇게 말해주세요.

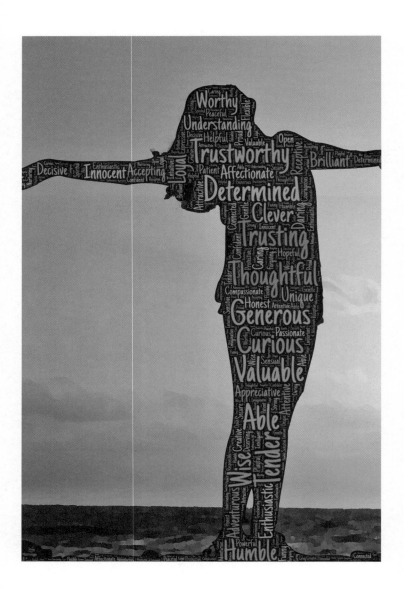

PART 3 결코 잊을 수 없는 영원한 엄마를 기억해

엄마,
"그동안 잘해 왔어.
그동안 너무 훌륭했어.
그동안 너무 멋졌어.
그러니 당당하게 살아도 돼.
엄마 자존감의 근거가 나잖아!"

엄마는 나를 키워준 것만으로,
충분히 존중받을 자격이 있어.

카네이션

:

카네이션 꽃말은 색에 따라 다르다고 해요.

붉은색은 어버이에 대한
사랑과 건강을 의미하고,

흰색은 돌아가신 부모에 대한 감사를
의미한다고 해요.

그리고
분홍색은 '당신을 열애합니다.
영원히 잊지 않을게요'라고 해요.

내 마음속엔 언제나 분홍색 카네이션이 있어요.

엄마에게 아직 전하지 못한
예쁜 분홍색 카네이션이 있어요.

커피숍에서

:

어느 날,
약속 장소에 일찍 도착하게 되어
시간도 때울 겸 커피숍으로 들어가
카페모카를 한 잔 주문하고 자리에 앉았어요.

옆 테이블에 한 노년 여성이
아메리카노 한 잔을 앞에 두고,
창문 밖 풍경을 지그시 바라보고 있었어요.

아메리카노 한 잔,
가지런히 올려놓은 스카프와 가방,
잔잔히 흘러나오는 발라드까지.
마치 그 모든 것들이 노년 여성의 여유를
꾸며주는 수식어 같았어요.

그 모습을 보고 있으니
문득 비슷한 또래의
엄마 모습이 생각났어요.

어쩌면 우리 엄마에겐
그 노년 여성의 여유가
어울리지 않는다고 생각했는지 몰라요.
지금까지 엄마에게 그런 여유를
선물해주지 못했거든요.

엄마에게
꼭 선물해줘야겠어.

아름다운 풍경을 혼자 오롯이 즐길 수 있는
커피 한 잔의 여유를.

일회용

:

우리는 많은 사람과 사랑을 하고,
또 이별하며 살아가죠.

사랑할 땐 너무 좋지만,
이별할 땐 너무 가슴 아프죠.

우리는 그 사랑을 덮기 위해
혹은 이별의 아픔을 잊기 위해
또 다른 사랑을 시작해요.

하지만 엄마를 사랑하는 건,
한 번뿐이에요.

PART 3 결코 잊을 수 없는 영원한 엄마를 기억해

세상은 참 아이러니하게도
엄마와 사랑하는 방법을 알 때쯤,
이별의 아픔을 주죠.

한 번 사용하면 다시는
그 사랑을 잊기 위해
혹은
그 이별의 아픔을 덮기 위해
또 다른 사랑을 찾을 수 없어요.

그러니 꼭 명심하세요.
엄마와의 사랑은 일회용이라는걸.

손

:

어느 날, 문득 엄마의 손을 잡게 되었어요.
엄마 손이 매우 거칠었어요.

커피색 피부에 삶의 굴곡이 있는
살결이 느껴졌어요.
그런데도 엄마의 손은 언제나 따뜻했어요.

예전 어린 나의 손에 느껴졌던
그 따스함이 아직도 온전히 느껴졌어요.

이제 엄마의 손을 만지면
마음이 느껴져요.

이 따스함을 오래도록 간직하고 싶어요.

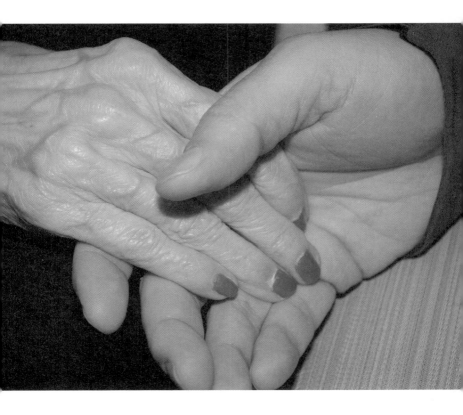

집 앞에
서면

분가를 한 후,
1년에 세 번 정도 고향집에 가는 것 같아요.

그런데 요즘 이상하게도 집 앞에 서면,
눈물이 날 것 같아요.
혹시 엄마에게 그런 마음을 들킬까,
항상 조금 이따가 들어가곤 했어요.
왜냐하면, 엄마는 그런 나의 마음을 보면
더 아파하기 때문이죠.

그런 나의 마음을 들키기라도 한다면
며칠의 기쁨도 잠시,
엄마는 몇 개월의 아픔을 겪을지 몰라요.
그런 엄마의 아픔을 알기에,
심장이 더 말을 듣지 않는 것 같아요.

난 마음을 들키지 않으려,
엄마의 사랑스러운 말에
더 퉁명스럽게 대답하곤 했죠.
난 참 못난 자식이에요.

사랑한다는 표현조차 참으려 했어요.
사랑스러운 손길조차 외면하려 했어요.

여행

:

어릴 적부터 삶의 여유가 없어서 그런지,
여행에 관심이 없어서 그런지,
기억에 남는 여행이 없어요.
특히, 엄마와 갔던 여행은
전혀 기억에 남아 있질 않아요.

나이가 들어 이곳저곳을 다녀보니,
문득 엄마와 여행을 한번이라도
가봐야겠다는 생각이 들어요.

엄마와 단둘이 떠나는 여행이 어색하지만,
그래도 꼭 한번 가보고 싶어요.

왜냐하면,
가장 소중한 사람과 가장 소중한 기억을 남길 기회는
그리 많지 않으니까요.

하루라도
더

·
·

흔히 사랑을 말할 때,
자신이 사랑하는 사람을 만나지 말고,
자신을 사랑해주는 사람을 만나라고 해요.

자신을 사랑해주는 사람이
진짜 사랑이라고.

우리는 그런 경험이 있어요.
태어날 때부터
자신을 사랑하는 사람을 만났어요.

나도 그런 사람이 있어요.
바로 울 엄마.

그러나 그때는,
그게 진짜 사랑인 줄 몰랐어요.

너무 많은 사랑을
무조건 받았기에
그 사랑이 진짜 사랑인 줄 몰랐어요.

나에게 그 사랑은 지금도 유효해요.
하지만 어떤 이는 그 사랑을 떠나보냈을지도 몰라요.

우리는 그 사랑이 떠난 뒤,
그 사랑의 참모습을 알게 되지요.

그 사랑이 떠나기 전,
하루라도 더 사랑하세요.

그 사랑이 떠나면,
더는 진짜 사랑 만날 수 없을 테니까요.

엄마
목소리

:

우리는 기쁠 때나 슬플 때, 혹은 심심할 때도
엄마에게 전화해요.

전화를 걸어 기쁨을 나누기도 하고,
위로를 받기도 해요.
때론 다툼이 생기기도 하지요.

내 마음의 변화가 있을 때 생각나는 사람,
바로 엄마일 거예요.

기쁨을 나누던, 위로를 받던 엄마의 목소리는
언제나 내게 쉴 수 있는 그늘 같은 존재일 거예요.

시간이 지나면 그런 엄마에게
더는 전화를 걸지 못할 때가 반드시 찾아와요.

시간이 너무 지나 엄마의 음성이 기억이 나지 않기도 해요.
그때 가서 후회하면 늦어요.

엄마와 자주 대화를 나누세요.
대화가 어렵다면 동영상이라도 많이 남겨두어요.

그렇게 엄마의 목소리를 마음껏 저장해두세요.
핸드폰 속에도, 마음속에도.

함께할
시간

엄마와 함께 지낼 날이 얼마나 남았을까요?
한번 생각해보신 적 있으세요?

어느 날 곰곰이 생각해보니,
이제 엄마와 함께할 시간이
얼마 남지 않았다는 걸 깨닫게 되었어요.

그런 생각을 하고 나니,
엄마의 목소리만 들어도
엄마의 발소리만 들어도
엄마의 숨소리만 들어도
시간이 너무 아깝다는 생각이 들어요.

가슴 아픈 얘기지만,
우린 그렇게 서로의 이별을
조금씩 느끼고 있을지 몰라요.

사랑하는 엄마를 놓아주는 것보다
아름다운 엄마를 보내주는 것보다
더 가슴 아픈 건,
지내온 시간에 대한 후회일 거예요.

더 좋아해줄 걸 그랬어.
더 사랑해줄 걸 그랬어.

함께할 시간이 그리 많지 않아요.
남은 시간, 후회하지 않도록 더 많이 사랑해주세요.

사랑
고백
:

살아가면서 누군가에게 사랑 고백을 한다는 건,
매우 어려운 일이에요.

성급하게 고백했다가 거절을 당하기도 하고,
헛다리 짚었다가 마음의 상처를 입기도 하죠.

그러나 엄마에게 하는 사랑 고백은
절대 거절당하지 않아요.

엄마는 무조건 받아들일 거예요.
그러니 엄마에게 하는 사랑 고백은
아주 쉬운 일이에요.
혹, 너무 쉬운 일이기에
이제껏 미뤄왔던 건 아닐까요?

그녀가 이 세상에서 떠나버리기 전에
이제 미뤄왔던 사랑 고백을 해볼까요?

사랑한다고.

서둘러 말해보아요.
떠나버리기 전에.

엄마의
온기

. .

몇 년 전, 명절 때였어요. 나는 딸과 함께 고향을 방문했어요. 여느 명절처럼 아버지가 터미널에서 우리를 반겨주었어요. 우리는 고향 집에 짐을 풀고, 잠시 휴식을 했죠. 그리고 서로의 안부와 함께 그동안 하지 못한 이야기로 하루를 채웠어요.

엄마는 정성스러운 음식을 마련한 뒤, 우리 내외와 이야기를 나눴어요.
딸이 태어나기 전, 엄마는 언제나 우리 내외를 걱정했어요. 서로 싸우지 말고, 배려하며 지내라고. 싸우더라도 대화로 풀라며, 아프지 말고, 건강 챙기라는 등 매번 같은 걱정을 했죠. 우리 내외는 항상 잘 지내왔지만, 그래도 걱정이 되었나 봐요.

그런데 딸이 태어난 후부터 엄마의 걱정이 달라졌어요.
찻길 건널 때 항상 손잡고 건너라, 열나면 무조건 병원에 가라, 좋은 거 잘 가려 먹여라 등등 이제는 전부 손녀 걱정으로 가득해졌어요.

그래서 한번은 제가 너무 걱정하는 엄마에게 말했어요.
"엄마는 왜 매번 올 때마다 그런 얘기를 해?"
"너희가 알아서 잘하겠지만, 엄마가 너 키울 때 못 해준 게 많아서 그래."
"엄마가 못 해준 거 없는데. 나 이렇게 잘 크고 잘살고 있으니까, 그런 걱정 하지 마요."
"알았으니까. 그만하고 가서 밥 먹어."

엄마는 그날 이후 걱정을 덜 하는 것 같아 보였지만, 그래도 여전히 걱정하는 기색이 보였어요. 우리는 추석을 무사히 잘 지내고, 서울로 올라가기 위해 버스터미널로 갈 준비를 하고 있었어요. 그런데 무슨 일인지 엄마가 버스터미널에서 가는 걸 보고 싶다고 했어요.
집 앞에서도 우리가 가는 모습을 잘 못 보셨던 분이라 마음이 쓰였어요.
우린 버스터미널에 도착해 약간의 주전부리를 산 후, 부모님과 작별의 인사를 나누었어요. 엄마는 우리와 헤어지는 게 못내 아쉬웠는지 조용히 손녀를 안아주었어요.
그 모습을 보고 나도 갑자기 엄마를 안아주고 싶다는 생각이 들었어요 .
그래서 안아드리려고 다가갔는데, 징그럽다며 피하셨어요. 다시 한 번 안아드리려고 다가가니, 못 이긴 척 잠깐 안겨주셨어요.
그 순간, 너무 오랫동안 잊고 살았던 뭔가를 느꼈어요.

나이가 드셔서 그런지, 긴장해서 그런지, 엄마의 심장 소리가
너무 선명하게 들렸어요. 그리고 그 심장을 통해 너무 오랫동
안 잊고 살았던 엄마의 온기를 느꼈어요. 그 온기는 마치 가을
햇볕처럼 따스했어요.

올라오는 버스 안에서도 여전히 그 온기가 잊히지 않았어요.
그리고 자주 안아드려야겠다는 생각도 들었죠. 한편으로 너무
늦은 건 아닌지, 죄송한 마음도 들었어요.

하지만 지금이라도 그 온기를 간직할 수 있어 다행이라는 생각
이 들며, 고향을 떠나는 나의 마음을 한결 따뜻하게 했어요.
이제 날씨가 쌀쌀해져 가는 계절이 올 텐데, 벌써부터 그때 그
엄마의 온기가 그리워지네요.

미리 철들지 못해 미안해

4

다시
태어나면
내가 엄마 할게

미안해

:
:

미안해!

태어날 때 너무 힘들게 해서.
자랄 때 너무 말썽 피워서.
멀리 떨어져 너무 걱정시켜서.
바쁘지도 않은데,
너무 무관심해서.
전화 자주 못 해서.
자주 못 가서.
사랑한다는 말 못 해서.

정말 미안해.

다시
태어나면

우리 다시 태어나면
바꿔 태어나자.

엄마가 나로 태어나고,
나는 엄마로 태어날게.

내가 엄마로 태어나서
더 많이 안아줄게.
더 많이 예뻐해줄게.
더 많이 사랑해줄게.

그래서 이번 생에 갚지 못한 사랑,
모두 다 갚아줄게.

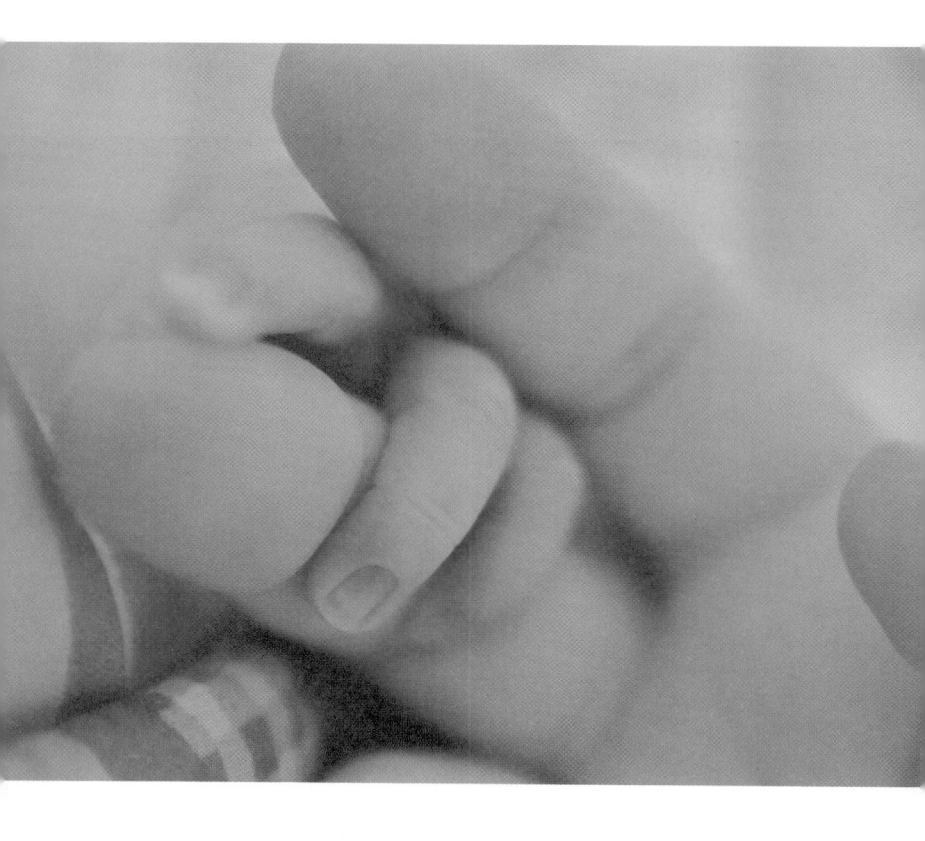

젊음

:

우리는 젊음이 영원할 거란 착각 속에 살아요.

하지만 시간이 지나면 어느 순간 알게 되죠.
내 젊음도 금방 지나가 버린다는 사실을.

세월이 흘러 뒤돌아보면,
언제 이렇게 지나갔는지 놀라게 돼요.
그리고 지나버린 세월을 아쉬워하죠.

엄마의 젊음도 그랬을 거예요.
내가 크는 동안 엄마의 젊음은 더 빠르게 지나갔을 거예요.

아무것도 모른 채 시작한 엄마라는 역할을
40년째 해오고 있으니까요.

이제 엄마에게 잃어버린 40년의 젊음을 돌려주고 싶어요.
엄마의 잃어버린 젊음을 내 사랑으로 채워줘야겠어요.

그것이 엄마와 나의 잃어버린 젊음을
되찾아가는 방법이 아닐까요.

무심코 던진
한마디

:

어느 날, 집으로 가는 길이었어요.
제 앞으로 한 모녀가 언성을 높이며 걷고 있었죠.

딸이 짜증 섞인 소리로 말했어요.
"공부가 얼마나 힘든지 엄마가 알기나 해?"

엄마가 허탈한 표정으로 말했어요.
"엄마도 알아. 공부가 얼마나 힘든지. 그래도 참고 해야지."

딸은 더 날카롭게 쏘아붙였어요.
"그래서? 엄마는 공부 잘해서 이 모양이야?"

엄마는 더 말을 잇지 못했어요.
딸은 속상한지 앞으로 뛰어가 버렸어요.

그렇게 모녀는 서로의 마음에
날카로운 상처를 남긴 채 사라졌어요.

문득 저도 엄마에게 그런 상처를 주지 않았었는지
뜨끔한 생각이 들었어요.

나도 그랬는지 몰라요.
무심코 짜증 나서 던진 한마디가
비수가 되어 엄마의 마음에 꽂혔을지 몰라요.

그래요.
엄마는 국어, 영어, 수학이
얼마나 어렵고 힘든 건지 모를 수 있어요.

하지만 엄마는 알아요.
우리가 얼마나 힘들어하는지.
표정, 행동, 말투만으로 느낄 수 있어요.

왜냐하면, 엄마는 지금도
국어, 영어, 수학보다 훨씬 더 어려운 당신을
한결같이 공부하고 있으니까요.

그것도 평생 말이죠.

나
때문에

:

예전 나 때문에 많이 힘들었지?
지금 나 때문에 여전히 많이 힘들지?

몰라줘서 미안해.
세월이 흐르고 나서
지금 이제야 알아서 미안해.

난 너무 당연한 줄 알았어.
그건 너무 당연한 거 아닌데.

엄마로서 잘해줘서 정말 고마워.
나 많이 사랑해줘서 정말 고마워.

이제부터 엄마의 삶을 조금씩 찾았으면 좋겠어.
엄마가 아닌 여자로.

잃어버린 소녀와 아가씨의 감성을 찾을 수 있게
내가 많이 도울게.

익숙함

.
.

익숙함에 대한 가치는 그것을 잃었을 때 빛을 발하죠.

매일 먹던 밥도,
매일 입던 옷도,
매일 듣던 잔소리도.

그것을 잃었을 때 진정한 가치를 느껴요.

잃기 전에 그 가치를 보면 좋을 텐데.

가끔은 너무 익숙해서 느끼지 못했던 것에
관심을 가져보세요.
그리고 느껴보세요.

그럼 엄마의 사랑이 느껴질 거예요.

엄마의 사랑은 그런 익숙함 속에
조금씩 묻어 있으니까요.

상처

:

어릴 적, 엄마와 크게 싸운 적이 있어요.
너무 어릴 때라 해서는 안 될 말도 했지요.

난 너무 화가 나,
"나한테 해준 게 뭔데?"
라고 큰소리쳤죠.

엄마는 더 말을 잇지 못했어요.

시간이 지나 생각해보니,
해서는 안 될 말을 했다는 생각이 들어요.

10개월 동안 힘들게 나를 뱃속에 품은 것,
오랜 시간 산부인과에서 고통스러웠던 것,
어려운 형편에 먹이고 키워줬던 것,
공부하라고 학교에 보내준 것 등등.

나한테 해준 게 너무 많은데.
이 모든 걸 한순간에 없던 일처럼 만들어버렸어요.

엄마에게 상처 주는 건 쉬운 일인 것 같아요.
말 한마디면 충분하죠.

하지만 사랑하는 건 굉장히 어려운 일인 것 같아요.

왜냐하면, 사랑한다는 말 한마디조차
말하기 어려우니까요.

후회

:

우리는 매일매일 바쁘게 살고 있어요.
공부한다고 바쁘고,
논다고 바쁘고,
일한다고 바쁘고,
연애한다고 바빠요.

이렇게 할 일 다 하고 나면
엄마가 문득 생각나는 날이 있을 거예요.

엄마와 사랑을 나눌 수 있는 시간은
과연 얼마쯤 될까요?
10년? 20년? 30년?

하지만 엄마는 그때 나와의 이별을 준비할지 몰라요.
나와 엄마는 그렇게 짧은 사랑을 하고 헤어질지 몰라요.
엄마와의 사랑은 그렇게 짧고, 긴 후회를 남길지 몰라요.

지금부터라도 긴 사랑,
짧은 후회 남기시길 바랄게요.

마지막
인사

．
．

가끔 그런 상상을 해봐요.
엄마와 마지막이 되는 순간을.

그 순간에 어떤 인사를 해야 할까?
그 순간에 뭐라고 말해야 하나?

아직 오지 않았지만,
그 순간이 되면 너무 많은 후회가 밀려오겠죠.

난 아직 준비되지 않았는데.

그 마지막 인사를
지금부터 준비해야겠어요.

그것이 지금 엄마를 더 뜨겁게 사랑할 수 있는
원동력이 될지 모르니까요.

이기적인
사랑

:

난 엄마에게 이기적인 사람이었어요.

엄마는 항상 내가 좋다고 하는데,
난 항상 엄마가 못마땅했어요.

날 보살피는 것도,
날 바라보는 것도,
날 사랑하는 것도.

난 엄마가 이기적인 사람이었으면 좋겠어요.
난 엄마가 이기적인 사랑 했으면 좋겠어요.

이제는 그렇게,
엄마 자신만을 위한 사랑 했으면 좋겠어요.

겨울

:

겨울이 되면 엄마 생각이 자주 나요.
올해 겨울은 유난히 추웠어요.

겨울이 되면
이불 속 따스한 엄마가 생각나요.
맛있는 밥을 짓던 엄마가 생각나요.

이제 매일 즐겼던 엄마의 따스한 품과 밥을
만날 수 없어요.

겨울이 오면
엄마의 따스한 품과 밥을 만나지 못하는 것보다
더 힘든 것이 있어요.

겨울이 오면 한 해가 저물어가고,
엄마와 내가 보낼 시간이 점점 줄고 있어요.

누군가는 빨리 봄이 오길 바라지만,
나는 빨리 봄이 오길 바라지 않아요.

왜냐하면
엄마의 따스했던 품과 밥을
좀 더 오랫동안 그려보고 싶기 때문이죠.

그때 엄마의 사랑스러운 모습은 아직
내 기억 속에 고스란히 남아 있어요.

이별
방법

.

나는 엄마에게 항상 받아왔어요.
그래서 언제나 엄마에겐 받을 준비가 되어 있어요.

엄마는 나에게 항상 주기만 했어요.
그래서 언제나 줄 준비가 되어 있어요.

사랑도 믿음도 돈도 물건도.

아쉽게도 내가 줄 준비가 되었을 땐,
엄마가 세상에 없을지 몰라요.
그렇게 늘 엄마에게 줄 시간이 부족할 거예요.

오늘부터라도
엄마가 떠나기 전, 얼른 모든 걸 줘야겠어요.

PART 4 다시 태어나면 내가 엄마 할게

그리 길지 않은 시간이 지나면
우린 반드시 이별하겠지.

그 이별의 시간이 갑작스럽게 찾아올지,
천천히 찾아올지 모르지만.

그 시간은 언제나 후회로 가득할 거야.

더 사랑해주지 못해서
더 예뻐해주지 못해서.

늦은
고백

:

늦었지만,
이제 자유롭게 살았으면 해.

늦었지만,
감수성 풍부했던 소녀로 살았으면 해.

늦었지만,
아름다운 여자로 살았으면 해.

늦었지만,
엄마라는 역할을 잠시 내려놓았으면 해.

늦었지만,
힘들게 해서 미안해.

늦었지만,
나를 키워줘서 고마워.

늦었지만,
나를 사랑해줘서 고마워.

늦었지만,
진심으로 사랑해.
엄마.

버킷
리스트

엄마랑 나 단둘이 하고 싶은 게 있어.

단둘이 여행 가기.
단둘이 커피숍 가기.
단둘이 영화관 가기.
단둘이 공원에서 산책하기.

너무 쉽고 간단한 건데,
여태까지 왜 못 했는지 몰라.

우리 간단한 것부터 차근차근히 해보자.
그렇게 우리만의 버킷리스트를 만들어보자.

내 생애 버킷리스트는
엄마에게 주는 작은 사랑으로 채우고 싶어.

사랑해

:

사랑해, 엄마.

이유 없이 사랑해
그냥 사랑해
무조건 사랑해

사랑해, 사랑해,
그리고 너무 사랑해.

사랑한다는 말,
그동안 해주지 못해서
이렇게 원 없이 해주고 싶었어.
이렇게 내 남은 사랑 다 주고 싶어.

그러니 오랫동안 내 사랑받아 줘야 해.
알았지? 엄마.

고마워

•
•

언제나 내 곁을 지켜줘서 고마워!

엄마로 인해 나,
삶을 살아가는 이유를 알게 되었어.
그래서 더욱 고마워.

나의 인생에서 엄마를 만난 건,
행운이야.

오늘도 나,
엄마가 있어 하루가 행복해.

또한, 내일도 행복할 거야.
엄마가 있으니까.

엄마는 나의 또 다른 모습이니까.

나를 소중하게 만들어준 사람.
나를 아름답게 만들어준 사람.
나를 사랑하게 만들어준 사람.

그런 엄마에게 늘 감사해. 그리고 사랑해.

엄마가 나의 영원한 사람이고,
엄마가 나의 영원한 사랑이라는 사실이

오늘의 내가 살아가는 이유야.

그래서 엄마가 언제나 사랑스럽고
그래서 엄마가 언제나 소중하고,
그래서 엄마가 그렇게 아름다운가 봐.

엄마를
만나러 갑니다
· ·

이제 나도 어느덧 불혹의 나이가 되었어요. 인생의 반환점을
돌아, 살아온 삶의 길을 되짚어보는 시간도 가질 때가 되었나
봐요. 그래서 많은 생각을 하게 되었어요. 그러던 중 우연히 엄
마 생각을 하게 되었어요. 지난날, 나에게 '엄마'란 같이 있어
너무 당연한 그리고 익숙해져 버린 사람으로만 느껴졌죠.

문득, 엄마가 나에게 해줬던 많은 것들에 대해 작은 보답을 해
드려야겠다는 생각이 들었어요. 그래서 이 글을 써보기로 마음
먹었죠. 처음 이 글을 쓸 때, 엄마와 함께했던 추억이 생각보다
많이 떠오르지 않아 애를 먹었어요. 하지만 시간이 갈수록 곳
곳에서 엄마와 함께했던 추억이 떠올랐어요.

그렇게 이 글을 쓰는 동안, 많은 곳에서 엄마의 흔적을 만났어
요. 길을 걸을 때도, 예쁜 꽃을 볼 때도, 그리고 혼자 있을 때
도. 그때마다 생각나는 대로 적었어요. 그렇게 가는 곳마다 엄
마의 흔적을 보게 되었죠.

그렇게 엄마가 남겨놓은 흔적들을 만나며, 한 자 한 자 적어 내려갈 때마다 속으로 많이 울기도 했어요. 그래서 이 글을 완성하기가 더욱더 어려웠어요. 하지만 나에게 그런 작업은 매우 의미 있고, 뜻깊은 여행이었어요.

나는 이렇게 엄마의 보지 못했던 부분에 점점 관심을 가지게 되었죠. 엄마에게 관심이 생긴다는 건, 어쩌면 엄마를 새롭게 사랑하고 있다는 증거일 거예요.

이 글을 쓰고 있는 밤, 창밖으로 하얀 밤안개가 주변을 파스텔 톤으로 아름답게 물들이고 있어요. 이렇게 아름다운 밤, 가장 사랑받아 마땅한 엄마에게 마음 담아 감사의 인사를 전해봐요.

나는 그렇게 오늘도, 엄마를 만나러 갑니다.

에필로그

:

난 어쩌면
자식이라는 이유로,
그렇게
아름답고, 사랑스럽고, 꽃다운 엄마에게
희생과 헌신을 강요했을지 몰라요.

그리고
엄마의 사랑을 너무나 당연하게 생각했죠.
이제 그 사랑을 조금씩 돌려주려 해요.

그리고
사랑받기 위해 태어난 꽃다운 엄마에게
진심 어린 마음을 담아
여태껏 표현하지 못한 말을 전해봐요.

꽃다운 우리 엄마!

못 해줘서 미안해.
잘해줘서 고마워.
그리고 진심으로 사랑해!

엄마가 내 엄마라서 그냥 좋다

1판 1쇄 2019년 11월 11일

지 은 이 쏭작가
발 행 인 주정관
발 행 처 북스토리㈜
주　　소 경기도 부천시 길주로 1 한국만화영상진흥원 311호
대표전화 032-325-5281
팩시밀리 032-323-5283
출판등록 1999년 8월 18일 (제22-1610호)
홈페이지 www.ebookstory.co.kr
이 메 일 bookstory@naver.com

ISBN 979-11-5564-192-7 03810

※잘못된 책은 바꾸어드립니다.

이 도서의 국립중앙도서관 출판시도서목록(CIP)은
서지정보유통지원시스템 홈페이지(http://www.seoji.nl.go.kr)와
국가자료공동목록시스템(http://www.nl.go.kr/kolisnet)에서 이용하실 수 있습니다.
(CIP제어번호 : CIP2019041772)

동시대의 감성과 지성을 담아내는 **북스토리(주)**

북스토리 | 문학, 예술, 만화, 청소년, 어학
북스토리아이 | 유아, 어린이, 학습
북스토리라이프 | 취미, 요리, 건강, 실용
더좋은책 | 교양, 인문, 철학, 사회, 과학